Dramaturgia Asturiana. Textos rescatados; 5

Colección coordinada y transcripción por:
Manuel Palomino Arjona

Alfredo GARCÍA GARCÍA, *Adeflor* (Gijón, 1876-1959). Hermano del tenor cómico Arturo García García, 'Pajujo' (Gijón, 1868 - Monterrey, 1941), su vida corre paralela al crecimiento industrial de un Gijón íntimo y familiar. Maestro nacional, contador mercantil, y licenciado en Derecho, inicia sus actividades literarias y periodísticas en un ambiente dinámico y de progreso continuo que señalaría las líneas de su trayectoria profesional. Estuvo vinculado de por vida al diario *El Comercio* (1887-1954), del que llegaría a convertirse en redactor-jefe y director, ocupándose de hasta tres secciones distintas diarias como sus *Charlas gijonesas*, una serie de diálogos satíricos y humorísticos en los que comenta críticamente aspectos de la política municipal, que recogió en un libro de 1906, y *Charlas populares*, herederas en gran medida de las famosas *Mesas Revueltas* de Ataúlfo Friera, 'Tarfe'. Recibió el título de Periodista de Honor, la Encomienda de Número de la Orden del Mérito Civil, la Medalla del Trabajo, fue presidente honorario de la Asociación de la Prensa y miembro del IDEA. Destacables, por la originalidad y el sarcástico humor de sus observaciones, son *El concejal* (1908), *El fíu de Madalena* (1914), escrita expresamente para Paco Meana, y el entremés *Acutanao sitiu* (1929), que sería escenificada por José Manuel Rodríguez 'El Playu'. También escribió las obras teatrales *Eterna lucha* (1896), posteriormente conocida como *Lucha de clases* (1903), representada por la compañía de Miguel Cepillo en 1900, donde prefiere enfocar el problema de las luchas sociales desde una faceta humorística, denunciando los comportamientos dogmáticos, *La señora del palco* (1916), *Los Rubianes* (Compañía de Margarita Rodríguez, 1918), *El milanu* (Compañía Asturiana de Comedias de José Manuel Rodríguez, 1935), con decorados de Marola, y el monólogo *Soñar despierto* (Teatro Jovellanos, 1900).

EL MILANU

comedia en tres actos, el segundo dividido en dos
cuadros, de ambiente asturiano, en prosa
y original de

Alfredo García 'Adeflor'

Estrenada en el teatro Teatro Dindurra de Gijón el
día 18 de diciembre de 1935 por la Compañía
Asturiana de José Manuel Rodríguez, con el reparto
siguiente,

Gijón, noviembre de 1935

PERSONAJES (Actores)

Juanina, 18 años (Nieves Sánchez)
Pitusa, 18 años (Rosario Trabanco)
Teresona, 50 años (Balbina Barrera)
Sindón, 52 años (José Manuel Rodríguez)
Pablín, 21 años (Andrés Escudero)
Luis, 21 años (Antonio Medio)
Andrés, 20 años (José Martínez)
Un mozo de comedor (Rufino Peña)

Época actual. Derecha e izquierda las del actor.

ACTO PRIMERO

Interior de una casa de aldea perteneciente a una finca de recreo. Al fondo ventana.

Escena I

Al levantarse el telón la escena aparece sola y a los pocos segundos sale Teresona de un lateral y dirigiéndose al foro

Teresa: *(Dentro)* ¡Pablín, Pitusa! *(Sale a escena)* Pero si no hay naide. *(Va al foro)* ¡Pitusa, Pablín!

Pitusa: *(Desde lejos)* ¡Qué...!

Teresa: ¿Pero cuando pensáis venir a comer?

Pitusa: Ahora vamos...

Teresa: Anday de seguida... ¡Son de lo que non hay, cada día me allegro más de habelos recogío... ¡Son muy agradecidos!... Trabayen como pocos. ¿Y que fará el mi Sindón que non sal? *(Mutis)*

Escena II
Pablín y Pitusa

(Entran por el foro como si continuasen un diálogo entablado fuera)

13

Pitusa: Pues digas lo que digas, yo digo, sin que naide me lo diga, que tengo razón en decite lo que te digo.

Pablín: Pues non sabes lo qué dices.

Pitusa: ¡Asóplame esti güeyu! Sí, ya te noté esi apizplayamientu desde que escribieron los señores de la quinta, que vendríen hoy…

Pablín: ¡Vaya novedá…! ¿Non vienen toos los veranos col señoritu Luis y la señorita Carmina?

Pitusa: Pero cuando el señoritu era pequeñu non te importaba tanto como ahora. Cuando ya se diba faciendo un hombre, creciendo tanto como Xuanina, fue cuando se te empezaron a meter eses coses po la cabeza.

Pablín: ¿Qué coses? ¡Xuanina ye güena…!

Pitusa: Pero el señoritu ye torcíu, según lo que tú lu vigiles y les indireutes que i llargues. ¿Crees que non me fijé? ¡Confiésame la verdá…!

Pablín: A ti sola, Pitusa, que te quiero…

Pitusa: ¿De veres?

Pablín: Que te quiero como a una hermanina. ¿Acuerdeste fai cinco años, cuando veníen xuntos de la romería, reblincando po la carretera Xuanina y el señoritu, muy aseparaos de los amos?

Pitusa: ¿Cuando empezaron a llover piedres sobre ellos, que por poco descalabren al señoritu?

Pablín: Sí. Aquel que tiraba piedres en sin parar, hasta que se aseparó el señoritu de Xuanina era yo, que diba siguiéndolos escondíu…

Pitusa: Pero ¿cómo ficiste eso?

Pablín: ¡Porque acercabase muncho a ella!

Pitusa: ¡Pero si entonces eren casi dos rapazacos!

Pablín: Pero según diben pasando los veranos, diba yo descubriendo bien clares les intenciones del señoritu.

Pitusa: Dígote que desageres.

Pablín: Desagero ¿eh? Tamién recordarás que, según diba pasando el tiempu, menos disimulaba el señoritu. Non tenía más idea que llevala a la villa. Otros señoritos de otres quintes, non se fijen en les aldeanes. Hay algunos que nin yos dicen, güenos días. Pero el non salía de aquí col pretestu de andar col amu por los llagares. Una noche del agosto pasau que facía munchu calor...

Pitusa: ¿Cuando lo del incendiu?

Pablín: A eso diba. Baxo el balagar taben Xuanina, la madre y el señoritu, y de pronto empezó a arder la hierba.

Pitusa: Aquello jué porque el señoritu tiró encendía la colilla de un pitu.

Pablín: Eso dixeron; pero oyelo bien. El que prendió fueu juí yo. Vi al señoritu tan arrimau a Xuanina que...

Pitusa: Y menos mal que los señores pagaron el dañu, creyendo que había sío por culpa de la colilla del señoritu.

Pablín: ¡Ay, Pitusa, non lo puedo remediar! ¡Esi, esi ye el milanu que quier robar de esti palombar la palombina blanca!

15

Pitusa: Siempre andes con esi cuentu... A ti ¿qué te importa?

Pablín: Non digas eso, que ye blasfemiar... ¿Gustaríate que los amos se muriesen de pena si yos robasen la fía?

Pitusa: ¡Como me diba gustar! ¡Eso sería non tener corazón!

Pablín: ¿Ves cómo tú yes güena, Pitusa?

Pitusa: Y ¿por qué non yos lo dices a ellos?

Pablín: Porque non. Porque eso sería traer un desgusto grande a esta casa, y yo non quiero ver a los amos entristecíos... De alguna manera debemos de pagayos tantu bien como nos ficieron. Déxalos vivir tranquilos, que pa defender a Xuanina de les garres de esi ladrón basto y sóbrome yo solu.

Pitusa: ¡Pero si ye que paeces un guardia nurasténicu, siempre detrás de ellos!

Pablín: Y seguiré siéndolo.

Pitusa: Allá tú. Ahora vamos a comer un bocau, pa golver a la quinta, que entavía hay qué facer. ¡Y llevanta esa frente, Pablín, y non te atormentes tanto...! Ahora ya Xuanina tien mozu.

Pablín: ¿Andrés?

Pitusa: Sí, Andrés. ¡Que cudie él de ella!

Pablín: Pero él non sospecha ná. Por eso ahora tengo yo que tar más alerta que nunca, porque al señoritu correrai más prisa arrematar sus intenciones.

Pitusa: ¡Ná; qué tás llocu!

Pablín: Pero non de la cabeza.

Pitusa: Anda, vamos, que contigo nunca se acaba la conversación. *(Hacen mutis)*

Escena III
Teresa y Sindón.

Sindón: Non arrempujes.

Teresa: Mira que querer dormir la siesta... ¡Con tanto dormir vas amomíate!

Sindón: Momia seráslo tú.

Teresa: ¿Non sabes que, después de la siesta, levanteste de un humor de mil demonios, y hoy, que lleguen los señores de la quinta a pasar la temporá, debes recíbilos con güenos modos?

Sindón: En eso de educancia non tienes que enseñame ná.

Escena IV
Los mismos, Pablín y Pitusa, que salen con sendos
pedazos de pan y queso.

Teresa: ¿Pero ya comistéis?

Pitusa: Vamos a entretener la fame con esto, porque queremos terminar de seguida ¡ya no nos falta casi ná! *(Hacen mutis Pablín y la Pitusa. Sindón se sienta, saca un periódico y se pone a leer)*

Teresa: Toos de un llau pa otru, trabayando, y tu ahí sentau.

17

Sindón: Déxame tranquilu.

Teresa: ¡Si non lu hay con más pachorra! ¿Pue sábese cuándo vas a cambiar de vida? ¿Pienses seguir así hasta morrer?

Sindón: Non me hables de morrer que el día que vos falte yo...

Teresa: Una boca menos.

Sindón: Un bombre en una casa siempre ye una sombra.

Teresa: Una mala sombra.

Sindón: Pa mí que voy cascate.

Teresa: ¿Poneme tú la mano encima? Anda, atrévete... Pero, ¿cómo vas a atrevete, si eso sería facer algo, y tú en la vida ficiste llabor?

Sindón: Non me provoques.

Teresa: La que va a emprendela a cibiellazos contigo voy a ser yo, si non te llevantes de ahí y vas a ayudar a Pablín a recortar el setu y a limpiar los caminos de la quinta. ¿Non sabes que al oscurecer lleguen les señores de Madrid a pasar la temporá?

Sindón: Que trabayen ellos.

Teresa: ¿A ti que te importa la vida de nadie?

Sindón: Amos ellos de tantu terreno, y nosotros ná. La tierra debe ser pa quien la trabaye.

Teresa: ¿Pero qué trabayes tú?

Sindón: Non digo pa mí; pa ti. Pero como tú yes la mi muyer, y lo que ye tuyo ye mío...

Teresa: ¿Ónde aprendiste eses idees?

Sindón: En esti periódicu, que, gracies a que yo non soy fabetu, enteróme de too, y ahora van facer

18

unes leyes pa que esta casería sea de la mi pertenencia.

Teresa: ¿Pa qué la quies? ¿Pa trabayala?

Sindón: Bobu sería. Ya le dixo el sabiu: la noche fexóse pa dormir, y el día pa descansar. ¿Pa trabayala…? Tú no estás buena.

Teresa: Entós ¿pa qué quies la casería?

Sindón: Coime… pa vendela…

Ecena V
Dichos y Xuanina, Andrés, Pablín y la Pitusa.

Juanina: Padre, ya limpiamos toa la finca… Da gusto vela tan fresquina y tan guapa.

Sindón: Gracies a que yo lo mandé.

Pitusa: Si viera como relluzen los metales de dientro y de juera… bien esfregué por ellos.

Pablín: Eso vilo yo, Pitusa, pero hay que ver tamién como están los bojes, que paez que acaben de peinalos, y los jardines, que estaben esmirriaos y paez que acaben de dar flores.

Pitusa: La verdá ye que Pablín ye muy curiosu. *(Con ternura y mirándole)*

Pablín: Quita p'allá, so adulona.

Juanina: Vino Andrés a ayúdanos.

Sindón: Ya podiéis habeme avisao, y non molestar a nadie.

Andrés: Non ye molestia, tamién ellos me ayuden cuando hay apuru en casa. *(Juanina y Amdrés van hacia la puerta a cortejar)*

19

Teresa: Hombres de poca vergüenza habralos; pero como tú ninguno.

Sindón: ¿Sabes qué más? Que si sigues atragantándome, divorciome.

Teresa: ¿Qué diba ser de ti sin mí, folganzán? Mira éstos, que entavía non probaron bocau, porque non se acuerden de comer cuando tienen que trabayar... y tú nunca te acuerdes de trabayar, porque, gracies a nosotros, tienes qué comer.

Pablín: *(En voz baja a la Pitusa)* Eso tá muy bien dicho.

Pitusa: Como que el ama, si hubiese estudiao, a estes hores sería lo menos, lo menos... la maestra de la escuela.

Pablín: Pero el amu tamién sabe defendese.

Pitusa: ¿Serás tú como él cuando te cases?

Pablín: ¿Con quién?

Pitusa: ¿Non te dan envidia Xuanina y Andrés? Míralos cómo cortejen.

Pablín: Ya te dixe muches veces que non me hables de Xuanina, y del otru, menos.

Sindón: ¿Qué mermuráis? Lo que tengáis que dicir dicilo alto, que yo me entere.

Pablín: Non yera de usté.

Pitusa: Yeren coses nuestres.

Teresa: Ahora, Xuanina, déxate de palique, y toos a recoger arriba, con cuidao, la plata de la finca, el reló, les ropes de les cames y tou el serviciu del comedor. Toma les llaves de les arcones donde tá too guardado. *(Se las da)*

20

Juanina: Vamos. *(Entran en la casa todos, menos Teresona y Sindón)*

Teresa: ¿Pero tienes bazu pa seguir ahí sentau y non subir siquiera a ayudar a sacar toes eses coses?

Sindón: Déxame deslustrame.

Teresa: Y que toos en esta casa te estén dando ejemplu, y tú en sin tomalu.

Sindón: Cuando leo non me hables, que pierdo el filu.

Teresa: Pues has de oíme. Ya non digo éses, que son persones, ¿pero non ves cómo trabayen los gües y les vaques; les gallines poniendo güevos, les palombes criando los pichones, el pollín, llevando a cuestes el granu pa que el molineru lo muela, y hasta el perru, dispiertu toa la noche, pa que non roben en la quinta?

Sindón: Ma, por onde sal... pero, ¿por qué crees tú que trabayen los gües, les vaques, los palombos, el pollín y el perru?

Teresa: Porque sirven pa más que tú.

Sindón: Pues pa que lo sepias, toos esos trabayen porque, como dixo el otru, son... unos animales.

Teresa: Ya quisiera yo que tú fueses tan animal como ellos, con tal de que trabayares.

Sindón: Pero ven acá, muyer, y discurre. Si toos trabayasemos, ¿qué méritu diben tener los trabayadores? Gracias a los que non damos golpe, pueden ser aponderaos los que trabayen... Los folganzanes tenemos esi méritu y hay que saber aprecialu.

21

Teresa: Non, si tú siempre tienes salida pa too.

Sindón: Además, eso de que non dé golpe, non ye verdá.

Teresa: Pero si ficieres algo, ¿teníamos falta nin de Pablín nin de la Pitusa?

Sindón: Muyer... acuérdate... esos cogímoslos de pequeñinos por llástima y son como de casa... ¿Dibes tener corazón pa chalos?

Teresa: Chalos non; pero non descargar tou el trabayu sobre ellos. ¿Non podíes arreglar tú el jardín, cuidar el ganao y facer otres munches coses?

Sindón: ¿Y quién diba a dirigir too esto?

Teresa: Pero, ¿qué diriges tú?

Sindón: ¿Negarásme que digo lo qué está bien y lo qué está mal?

Teresa: Con tal de non trabayar pa ti too está bien, y presumes de facelo.

Sindón: ¿Qué dices?

Teresa: Lo que digo; que en cuanto vengan esta tarde los señores, faltaráte tiempu como siempre pa dir corriendo: "¿Qué tal alcuentren esto?... non se quexarán, que bien me amolesté por tenelos contentos." Pa dicir eses mentires y atribuite lo que non faes, pa eso corres bien.

Escena VI

Los mismos y Pablín, Juanina, Andrés y la Pitusa que salen todos con objetos y bultos.

Juanina: Ya está too aquí.

Andrés: Coime cómo pesa esti reló.

Sindón: Oye tú, Andrés; trailu p'acá, que voy day cuerda, que debe tar parau.

Teresa: Déxalu asina, que así seréis dos los paraos.

Sindón: Déxame siquiera despedime dél, porque a esi reló hay que posay la gorra.

Teresa: Ya que non trabayes, dexa trabayar a los demás. Hala, a la quinta con too eso, que voy yo con vosotros a colocalo.

Sindón: Andrés, tray el reló.

Andrés: Aquí lu tien. *(Después de dudar)*

Teresa: Non faigas casu.

Sindón: Déxalu que se acostumbre a obedecer al que va a ser su suegru.

Juanina: Padre, qué coses tien.

Sindón: Non te pongas coloradina que pa eso tienes tiempu.

Teresa: Acaba pronto.

Sindón: Ye que quiero que sepíais que isti reló, que toca más qué el gaiteru de la parroquia, ye toa una alhaja...

Teresa: ¡Güena alhaja tás fechu tú! ¡Hala, hala; vamos a dejar too eso en su sitiu!

Andrés: Sí; que esti reló cá vez me pesa más.

Sindón: ¿Quies que te ayude, Andrés?

Teresa: ¿Ayudar tú? ¡Yes bien caradura!

Sindón: Quiero trabayar y quitesme les ganes.

Juanina: Tamién me pesa a mí esti bultu con la plata del comedor.

Teresa: ¡Vamos! *(Todos, cada uno con su carga, inician el mutis colocándose en fila india)*

Sindón: ¡Alto! *(Todos se paran permaneciendo quietos)*

Teresa: ¿Pero habráse visto? ¿Qué quies, endemoniau?

Sindón: Decivos una cosa. ¡Una ná más!

Teresa: ¿Cuála?

Sindón: ¡Qué tal paez que vais pa La Bana!

Teresa: Bien se conoz que estás refalfiau. Andai, andai p'adelante, y non i faigáis casu. *(Vanse todos menos Sindón)*

Sindón: *(Asomándose a la puerta por donde se fueron)* ¡A ver si lo facéis bien…! ¡Too en su sitiu! ¡Que non se rompa ná…! *(Bajando a primer término)* ¡La verdá que si uno no estuviera en too, esto andaría de cabeza! *(Extrae del pecho un frasco que debe de contener anís y se da tres latigazos, mientras dice entre trago y trago)* La vida hay que pasala a tragos… el cuerpu pide, como les plantes, riegu pa non secase… pero, cuando el agua cansa o non i asienta a uno, hay que buscar el sustitutivu.

Escena VII
Sindón y Pablín.

(Sindón, al ver entrar a Pablín, oculta el frasco)

Pablín: Fízome venir el ama a decii que vaiga ahora mesmo, non sea que los señores se presenten de repente y non lu vean a usté.

Sindón: Los señores han de tardar entoavía en venir, y ya que tás aquí, Pablín, siéntate, que tengo que char una parrafá contigo.

Pablín: ¿Conmigo, amu?

Sindón: Aquí non hay amu nin criau. Sindón nací, Sindón soy, y Sindón seguiré siendo hasta que espurra la pata. Siéntate.

Pablín: ¿Y si me riñe el ama?

Sindón: Dígote que te sientes.

Pablín: ¿Ónde?

Sindón: Onde tés más a gusto.

Pablín: Entós en suelu, como en el prau [toy], cuando [espero] a que pase el milanu pa day gritos y espántalu, pa que non nos robe los palombos, sobre todo la palombina blanca...

Sindón: Pero das demasiaes voces, que tal paez que tá quemando la casa. ¡El demoniu del espantapáxaros estil!...

Pablín: Non me riña. Si non lo puedo remediar. En cuanto veo al milanu, entrame non sé qué, que tou me acelorio. Pero, en cuanto lu veo escapar, tan asustau como yo, entrame una

25

allegría tan grarde que casi me dan ganes de llorar...

Sindón: Non; si vese que tienes llau izquierdu, Pablín, pero tú tás buscando la mi perdición.

Pablín: ¿Por qué?

Sindón: Porque trabayes demasiado... ¿Pa qué trabayes tanto, Pablín? ¿Non ves que vas en contra mía?

Pablín: *(Sorprendido)* ¡Usté non está buenu...!

Sindón: ¿Cuántes veces te dixe que en el inviernu non anduvieses pol prau descalzu y con la camisa desabrochá, escarda que escarda? ¿Non ves que por trabayar asina pue date un mal que te lleve Pateta?

Pablín: A mi non me lleva nadie. ¿Quién ye isi Pateta?

Sindón: La Güestia. Esa que la pinten con una guadaña.

Pablín: Pues si Pateta lleva guadaña, que venga. Que asina ayudaráme a segar.

Sindón: Pablín, non tienes derecho a trabayar tanto, pa que yo tenga remordimientu de concencia. Si estires la pata, van chame la culpa a mí, y non quiero líos.

Pablín: Entós, ¿qué quier? ¿Qué me tire en prao a ganar la cebá como los burros?

Sindón: Dirás como los llistos. El burru, non siendo de carga, ye un sabiu. ¿Non ves la calma que tien?

Pablín: Güeno, ¿tien más que decime?... porque entovía hay llabor en la quinta.

Sindón: Ye esi el casu que me faes. ¿Hablóte de que non te afanes tanto, y respóndesme que quies dir a trabayar?

Pablín: Cada vez lu entiendo menos. Nunca tal oí. ¿Usté habla de veres, o ye en broma?

Sindón: Yo hablo como me paez, porque non quiero que la mi muyer me acompare contigo, non sabiendo que toos non somos iguales. Cuando te levantes tú, antes de que amanezga, non fai más que chame en cara el que tú ya estás en pie.

Pablín: Ye que en cuanto canta el gallu, yo non puedo pegar güeyu.

Sindón: Al mediudía yes el últimu en venir a comer, por estar faciendo algo en la güerta o en casa.

Pablín: Ye que hay munches coses que non se pueden dejar en sin acabales.

Sindón: Y al oscurecer, cuando todos se retiren, sigues entre les negrures de la noche, arreglando el ganao o escarabicando en la tierra.

Pablín: Ye que me aburro en sin facer ná.

Sindón: Pues eso tien que acabase. ¿Oísteme?

Pablín: ¿De mó y manera, que quier que sea un vagu?

Sindón: Home, tanto como eso non, pero non debes dexate explotar tanto, Pablín.

Pablín: Pero si tó lo que faigo, faígolo muy a gusto, y en sin que naide me lo mande, sobre tó cuando espanto al milanu.

Sindón: Non tienes salvación, Pablín. Toa la vida serás un disgraciau. Si yo, en sin trabayar, toy asina, tan gastau, y non soy muy vieyu, ¿cómo vas tar tú a mis años, trabayando tanto?

Pablín: ¿Pero eses coses dízmeles el amu?

Sindón: Sí; y tamién te digo que si sigues trabayando tanto, échote de esta casa...

Pablín: ¿De veres? *(Se mete por Sindón para olerle)*

Sindón: Como lo oyes, y non te metas tanto por mín que non me vuelvo atrás.

Pablín: Pa algo me meto.

Sindón: ¿Pa qué?

Pablín: Pa convenceme de que tó eso me lo diz en broma, porque está contentucu...

Sindón: ¿Contentucu?...

Pablín: *(Huyendo)* Sí; agüelei la boca a anís a una llegua. Ya decía yo que usté non estaba güenu... *(En el foro se tropieza con Teresa y Juanina, que entran)*

Escena VIII
Sindón, Teresona y Juanina.

Teresa: ¿Sabes que, pa dar un recao, tardes bastante? Milagru pa ti. Vete a ayudar a la Pitusa, y estay alerta por si vien algún auto.

Pablín: Vendré avisar deseguida. *(Vase)*

Sindón: ¿Ónde tá Andrés?

Juanina: En cuantu nos ayudó a colocar lo de la quinta, dixóme que tenía que aprovechar les hores que falten de día pa segar.

Sindón: Otra calamidá de trabayador.

Teresa: Güena suerte tuviste, fía del alma. Con los rapazos que hay hoy, que son tan corredizos, el tu Andrés ye un santu. Asujétalu bien, que non se te escape. Quiérelu muncho, Xuanina.

Juanina: ¿Qué cree, que non lu quiero?

Teresa: Ye que a vosotres, les mozes, non sé porque será, pero gustenvos más los pallabreros y engañadores. Los hombres formales decís que son muy sosos. Ahí tienes a tu padre...

Sindón: ¿Non podíes apuntar pa otru llau?

Teresa: Tú, si me enganchaste, fue a juerza de parrafaes y cuentos, cuando pude habeme casao con un hombre trabayador y con más juiciu.

Sindón: Mira, Teresa, hay verdaes que, de tanto repítiles, conviértense en mentires. ¿Qué yo non trabayo? ¿Tengo yo pocu trabayu con oíte siempre la misma canción? ¿Por qué non me cantes la "Soberana"?

Juanina: ¿Cuándo será el día que tengáis más juiciu los dos?

Sindón: ¡Tu madre! ¡El día del juicio!

Teresa: Y tú, el día menos pensau.

Juanina: Ya podemos espabilamos tós. Está pa llegar el señoritu Luis. ¿Non sabe, padre? Avisaron por teléfono a la quinta desde Valgrande, que los señores y la señorita Carmen taben allí merendando, pero que ya había salío delante, en el coche suyu, el señoritu.

Sindón: Pero, ¿el señoritu tien coche? (Salvamos.)

Juanina: Por lo visto, como terminó esti añu la carrera de abogau, habránilu regalao los papás.

Escena IX
Los mismos y la Pitusa, luego Pablín.

Pitusa: *(Entrando muy acalorada y nerviosa)* Por allá alantrón, muy alantrón, vese un coche venir... ye pequeñucu y baxu. Paez una cucaracha que vola.

Teresa: ¿Desde ónde se ve?

Pitusa: Desde la guardilla de la quinta. Taba yo fregando lo que faltaba, y empezó Pablín a dar voces...

Teresa: Sería diciendo lo de siempre cuando alborota.

Pitusa: Non, non decía "el milanu... el milanu..." Decía "el señoritu... el señoritu..."

Sindón: Pues entós non tardará, porque esos coches pequeños cuerren que meten mieu.

Pitusa: Lo que faen ye riir, porque tal paezen desde lexos coquinos de la tierra que reblinquen.

Pablín: *(Con indiferencia)* Ya está ahí... *(Todos salen con gran alegría a buscarle, menos Pablín y Sindón)*

Escena X

Sindón y Pablín, luego Teresa, Juanina, Pitusa y Luis

Sindón: Ve a esperar al señoritu, Pablín.

Pablín: El que debe de dir ye usté, que ye el amu de la casa.

Sindón: Tú que yes tan trabayador, por si hay que ayudar a traer algún bultu...

Teresona: *(Entrando con Luis, Juanina y la Pitusa)* Qué guapu está el señoritu, si hasta paez que engordó.

Juanina: ¿Y la señorita Carmen? ¿Tan guapa como siempre?

Luis: No tan guapa como tú.

Juanina: Ya empieza a provocame.

Sindón: *(Adelantándose)* Ven acá, pendonzacu. Abrázame... Bien lo vamos a pasar esti verano con automóvile.

Luis: Os llevaré dónde queráis. Desde luego, comprometidos a ir a la villa el día de Begoña, a los toros y a la verbena.

Sindón: Vendrás cansau y con sede... Pablín trae una botelluca sidra.

Luis: No tengo sed.

Sindón: Nunca está de más refrescar un poco...

Teresa: Pal sorviatu toes les hores son güenes pa ti. Donde vamos ahora mesmo ye a la quinta, y tú, delantre de nosotros, a esperar a los señores.

Luis: Que deben estar ya cerca. Vienen por la carretera general que, aunque es más larga, está mejor pavimentada. Yo iré enseguida. Tengo

31

que dar a Juanina un encargo que traigo de mamá... Ahora que reparo, esta Pitusa creció algo.

Pitusa: Don Luis, usté non se cansa nunca de tomame el pelo...

Luis: Y tú, Pablín, ¿cómo siempre?

Pablín: *(Mirándole fijamente)* Sí, como siempre... yo non soy de los que cambien...

Luis: Pitusa vete al coche y trae una caja grande que hay, entre otras cosas, en los asientos de atrás. Me hicieron cargar con una de bultos... *(Vase Pitusa)*

Juanina: El coche ye muy guapu.

Luis: Papá me lo compro porque acabé la carrera... Buenas panzadas de estudiar me costó... Mamá no quería.

Teresa: Tendría mieu que y pasase algo. Hay tantes disgracies.

Pablín: O que atropelle a dalguno... Hay tantos llocos po les carreteres...

Pitusa: *(Entrando con una caja, tan grande, que la oculta casi por completo)* Aquí tá esto.

Luis: Pero, ¿tú dónde estás, Pitusa?

Pitusa: *(Asomando por encima de la caja)* Vengo aquí detrás.

Luis: Dejala ahí.

Teresa: Anda, Sindo, vamos a esperar a los señores.

Sindón: Luis, bienveníu, y ya hablaremos...

Teresa: ¿Qué crees, que vas correla como el añu pasau col señoritu?...

Sindón: Non faigas casu, Luis. Ésta sí que non cambia. *(Mutis de Teresona y Sindón)*

Pitusa: Vamos al jardín, Pablín, a ver si queda algo por arreglar... Don Luis, que Dios lu traiga con felicidá.

Pablín: Y pa bien... *(Marchando y, por lo bajo, a Pitusa)* Pitusa vete al jardín, que yo voy a cuidar del palombar... (Vase la Pitusa y Pablín se queda fuera, atisbando por la ventana, siguiendo todos los detalles y movimientos de la escena siguiente)*

Escena Última
Juanina y Luis, al final Pablín

Luis: Déjame que te mire, Juanina.

Juanina: Poco tengo que mirar.

Luis: Estás hecha toda una personilla...

Juanina: Y tú, tou un galán.

Luis: Quien nos vió, cuando de pequeños, díbamos por los campos, cogidos de las manos... ¿Te acuerdas? Díbamos así... *(Le coge las manos)*

Juanina: *(Desasiéndose)* Tate formal.

Luis: ¿Ya se asusta así la rapacina de antes?

Juanina: Ye que me aprietes de un modo...

Luis: Es que ahora tengo más fuerza.

Juanina: Déxate de bobaes, y dime qué encargu me traes de tu mamá.

Luis: No es un encargo, es un regalo.

Juanina: ¿De veres? ¡Qué buena ye!

Luis: Vas a ver. *(Luis saca de la caja un hermoso vestido)*

33

Juanina: ¡Qué guapu! ¿Pero voy poner eso tan fino? Luis, eso non me pertenez a mí.

Luis: Si ya las aldeanas vestís como las señoritas. Póntelo por delante…

Juanina: Non quiero. ¿Cómo va quedame bien, si no está a la mi medida?…

Luis: Se lo probó mi hermana Carmen, que tiene tu tipo y estatura.

Juanina: *(Con interés)* A ver… a ver.

Luis: Toma, Juanina. Vas a estar preciosa.

Juanina: Pero ye demasiao guapu pa ponelu por aquí. Lo que voy facer ye guardalu, y estrenalu cuando vayamos por Begoña a la villa…Y ¿qué más traes en esa caxa?

Luis: Son sombreros de mi hermana.

Juanina: Serán muy guapos…

Luis: Son de los que ahora se llevan, que por cierto, dan mucha gracia a la cara… Ponte éste, verás.

Juanina: Non, non…

Luis: ¿Qué pierdes con probar?

Juanina: Si te empeñes… *(Cogiéndolo y poniéndoselo con coquetería)* ¿Qué tal me sienta?

Luis: Encantadora… Vas a verte, que puede que en la caja venga también un espejo del tocador de mi hermana.

Juanina: Trailu, trailu…

Luis: Tómalo.

Juanina: *(Mirándose y extasiándose)* Non me cai mal del todo…

Luis: Espera, que voy a colocártelo mejor. *(Se acerca a ella con propósito de arreglarle el sombrero, tocándole la* *cara y con intención de besarla. En ese momento Pablín, que habrá observado todos los movimientos del señorito, aparece en la puerta del fondo dando grandes gritos)*

Pablín: El milanu, el milanu, el milanu…

Luis: ¿Por qué gritas así, imbécil?

Pablín: ¡Por que ya espanté al milanu, ya lu espanté!

Juanina: ¿Y pa qué tantu alborotu?

Pablín: ¡Pa salvar la mi palombina blanca…!

Luis: ¿Qué quieres decir con eso?

Pablín: Que soy agradecíu, y que ye mi deber cuidar de toó lo de esta casa, y a esta casa vien el milanu buscando la desgracia de una familia, y aquí estoy yo, ha de sabelo, que non perderé de vista ni un momento a la que, inocente, non sabe de lo que son capaces les aves de rapiña.

Luis: Eres un rapaz con la cabeza llena de viento.

Pablín: Pero con el corazón muy macizu pa lo que quiera el señoritu.

TELÓN

ACTO SEGUNDO
Cuadro Primero

Telón corto representando un trozo de la avenida de Rufo Rendueles de Gijón, iluminada completamente en bajamar, viéndose el resplandor de los focos, la arena y, destacando en el fondo, el mar, Somió y los merenderos del Piles con iluminación de luz eléctrica en bombillas pequeñas y farolillos a la veneciana.

Escena Única
Pablín y la Pitusa.

(Entran los dos en escena por los lados opuestos y la Pitusa, al ver a Pablín, intenta volverse hacia atrás)

Pablín: Non escapes; ven p'acá.

Pitusa: *(Arrimándose)* ¿Qué quies?

Pablín: Que me digas cómo estás aquí.

Pitusa: ¿Por qué?... Vine.

Pablín: ¿Dexaste la casa sola?

Pitusa: Primero la dexaste tú, Pablín.

Pablín: ¿Quién quedó allí?

Pitusa: El perru y el gatu.

Pablín: ¿Naide más?

Pitusa: Y pué que nin ellos.

Pablín: ¿Por qué?

Pitusa: Porque, tando al final de esti muro, por la tarde al salir de los toros, dixo una muyer que muncha xente había, y otra, que taba con ella, respondioi que non i chocase, porque un día

39

como hoy non había perru nin gatu que non viniera.

Pablín: ¡Siempre la misma!

Pitusa: ¿Por qué me lo dices, porque te sigo a toes partes?

Pablín: Y con eso voy acabar yo.

Pitusa: ¿De veres? ¿Crees que non te vi marchar? Cuando, después de comer, salió el coche del señoritu con Sindón, Teresa y Xuanina, tú corriste a ponete en la trasera. ¿Por qué te pusiste allí?

Pablín: Porque non cabía dientro.

Pitusa: Pues yo en cuanto te vi dir ena trasera, asperé a que saliera el coche grande con los señores y la señorita Carmina, y púseme tamién detrás.

Pablín: ¡Pa matate!

Pitusa: ¡Si diba muy a gusto!

Pablín: ¿Entraste así en la villa?

Pitusa: Antes de llegar, poseme na carretera.

Pablín: Como yo.

Pitusa: ¿Y ónde tarán los amos y Xuanina?

Pablín: Jueron a los toros.

Pitusa: ¿Presentastete a ellos?

Pablín: Entavía non. Vilos dir a pie y seguilos.

Pitusa: ¿Juiste tamién a los toros?

Pablín: Al últimu toru, que ye cuando dexen entrar a los que entienden.

Pitusa: ¿Visti a los amos?

Pablín: ¡Quién los diba ver con tanta xente! A los que vi en un palcu jue a los señores y a los señoritos.

Pitusa: ¿Tamién al señoritu Luis?

Pablín: Sí.

Pitusa: Yo creí que diría con Xuanina y los padres.

Pablín: Esi fai lo que algunos páxaros; sólo apaecen entre les sombres.

Pitusa: ¡Qué guapa estaba Xuanina con aquel vestíu quei trajo el señoritu!

Pablín: ¡Ojalá non estuviera tan guapa!

Pitusa: ¿Cómo non vendría con ella Andrés?

Pablín: Porque tenía la madre muy mala. Dioi uno de esos afuegos que non la dexen respirar.

Pitusa: Esa infeliz, desde que quedó viuda, non llevanta cabeza. ¡Y eso que i quedó un fíu de bendición!

Pablín: El afuegu pasoi deseguida, pero Andrés non quiso venir, por si volvía a repiti el ataque a la madre, y aprovechó el tiempu pa trabayar ena tierra.

Pitusa: ¡Esi sí que ye un mozu de comeniencia! ¡Muy feliz va ser Xuanina con él!

Pablín: La cuestión ye que él sea feliz con Xuanina.

Pitusa: Y, ¿ónde estarán ahora los amos?

Pablín: Fai media bora que los vi entrar en una casa de eses onde dan de comer. Asómeme y allí los vi cenando.

Pitusa: ¿Taba tamién el señoritu Luis?

Pablín: Sí. ¿Non ves que yera de noche? Y metiólos en un reservau.

Pitusa: ¡Que manía tienes col señoritu!

Pablín: ¡Pues non lu he de perder de vista!

Pitusa: ¿Quies que vaiga a velos?

41

Pablín: Vete tú.

Pitusa: Dígotelo, porque tengo ganes de cenar.

Pablín: Yo non tengo ganes de ná.

Pitusa: Pero, ¿quién se presenta allí, habiendo dejao la casa sola?

Pablín: Das cualquier disculpa.

Pitusa: Pues yo a cenar con ellos non voy. ¡Tengo un rial que gané, y con eso como un pocu de pan y quesu!

Pablín: ¡Ganaste un rial!

Pitusa: Jué muy célebre. Taba yo en un bancu de esos, pensando qué diba a facer yo sola en sin conocer a naide, con los güeyos humedecíos y mirando a les faldes, y pasó un señor y tiróme un rial. ¡Creyó que taba pidiendo!

Pablín: ¡Con esa facha non me choca!

Pitusa: ¡Pues tú non vienes con el traje de los domingos!

Pablín: ¡Non tuve tiempu a mudame!

Pitusa: Oye, Pablín; tú que viniste otres veces a esti pueblu, ¿cómo hay tanta iluminaria y tan poca xente?

Pablín: La xente tá por otros sitios. Ahora empezarán a llegar. Dientro de poco non se [cabrá] por aquí. Va haber verbena con juegos artificiales y too, ya lo verás.

Pitusa: Yo non quiero barullos.

Pablín: Oye, hom; ¿cómo te vas arreglar pa volver pa la aldea?

Pitusa: Voy dir, después que se acabe too, na camioneta de Casimiro de Antona y pagoy cuando pueda.

Pablín: ¿Habrá sitiu pa los dos?

Pitusa: Pue que sí; y si non, metemonos unos por otros.

Pablín: Sí; porque de noche ye peligroso volver como vinimos, ena trasera.

Pitusa: Yo, primero, caeréme onde tan cenando los amos, Xuanina y el señoritu Luis. Ven a enseñame ónde tán.

Pablín: Sí; después voy yo a velos. Has dir diciéndoyos, poco a poco, que tamién yo toy aquí.

Pitusa: ¡Van matamos!

Pablín: ¡Non será tanto! ¡Tira p'alante, Pitusa!

Pitusa: Tiro pa onde quieras, Pablín.

Pablín: Bueno; pero non te arrimes tanto.

Pitusa: ¡Presumíu!

Pablín: ¡Pegañosa! *(Vase)*

MUTACIÓN

ACTO SEGUNDO
Cuadro Segundo

Reservado de un restorant frente a la playa con grandes vetanales a la calle. A la derecha, puerta al resto del restorant, al fondo la decoración del cuadro anterior.

Escena I
Sindón, Teresona, Juanina y Luis. Aparecen en una mesa en donde estuvieron cenando y donde toman café.

Sindón: ¿Non te dixe yo, Luis, que aquí se comía bien?

Luis: No se come mal. ¿Estás contenta Juanina?

Juanina: ¿Non lo voy estar, con lo bien que lo pasé?

Teresa: ¡Paez que me entra el sueñu! ¡Y esti rema que non me dexa…! La culpa téngola yo por comer tanto como comí. *(Le da hipo)*

Luis: Un día es un día…

Sindón: ¿Date el hipu, Teresa?

Teresa: Non; ye que sospiro.

Sindón: ¿Por mí?

Teresa: ¡Ma, qué trastu de hombre! ¡Bien se conoz que empinaste el codu!

Sindón: Ye que aquel vinín taba pergüeno.

Luis: Pues este coñac tampoco está malo. ¡Vaya otra copa!

Teresa: Non i des más de beber, Luis, que ya tien bastante dientro.

Sindón: ¡Non faigas casu! Una copa non fai dañu.

45

Teresa: ¡Pero si ya lleves cuatro o cinco!

Sindón: Y eso, ¿qué ye? Ná. Además, déxame quitar el desgusto que me dió la corría de toros.

Luis: Pero, ¿no te gustó?

Sindón: ¿A quién gusta aquello?

Luis: ¿Nunca habías ido a la plaza?

Sindón: ¡Nunca! Gracies a les entraes que tú nos sacaste, pero aunque güelvan a regalámeles non voy.

Luis: ¿Por qué?

Sindón: Porque ye un pecao dar deciocho pesetes pa ver aquello.

Luis: Pero ¿no te fijaste en aquella verónica? ¡Aquello valió por toda la corrida!

Sindón: Lo que ví jue metei la espá a aquel tercer toru más de doce veces... ¡¡Mechólu!!

Luis: Es que el bicho, no tenía condiciones.

Sindón: ¿De moo y manera que el de güenes condiciones ye el que se dexa matar? Los toreros son unos ventajistas... ¡Cómo escuerren el bultu! ¡Hay que ver! ¡Deciocho pesetes y nin un mal rasguñu!

Teresa: Entós, ¿qué queríes?

Sindón: Por lo menos que hubiera habío alguna disgracia.

Luis: ¡Qué bárbaro!

Sindón: Si yo juera alcalde, daría un bandu, diciendo que si en la corría non moríen dos o tres, había que degolver los cuartos.

Teresa: ¡Ya tás desbarrando! ¿Non te dixe que non bebieres?

Sindón: ¿Un capiletín naide me lu quita! *(Llamando al camarero con las manos)*

Juanina: ¡Padre, que ya tien los güeyos muy pequeñinos!

Sindón: *(Al mozo que ha entrado)* Trai más café.

Luis: Y una botella de coñac, que ésta se está acabando.

Teresa: ¡Eso sí que non!

Juanina: ¡Tien razón mi madre!

Sindón: ¡A callar, les dos! ¿Vamos a desairar al señoritu? *(Al Mozo)* Ya lo oíste, más café y más coñá.

Teresa: ¡Pero si ya queríes matar a tres!

Sindón: ¿Y non tengo razón? Por más de tres duros, ¡qué menos! ¿Non venimos ahora del cine y, por siete perrones, murieron mecia docena?

Juanina: Pero, padre, ¿de verdá quei hubiera gustao que matasen a alguno?

Sindón: ¡Home!... Tanto como matalu... ¡non digo! Pero facer un poco de comedia y dar unes güeltines pol aire... ¡Hubierai gustao hasta a tu madre...!

Teresa: ¡A mí non me gusten les animalaes! *(Dirigiéndose al camarero, que entró en este momento y está sirviendo café en la taza de Sindón)* ¡Y usté non i eche ná!

Sindón: Non faigas casu... Cuando manden les mujeres, habrá que obedeceles, [pero] por ahora mandamos nosotros. *(El mozo le echa café)*

Luis: ¡Sí; con café no le hará daño el coñac!

Sindón: *(Al Mozo)* ¡Ya lo oyes! ¡Descorcha!

47

Teresa: ¡Allá tú! Hay que dexate por imposible.

Escena II
Los mismos y la Pitusa.

Pitusa: *(Asomándose)* ¡Ave María Purísima!

Sindón: ¿Tamién aquí hay probes?

Teresa: Probes haylos en toes partes.

Pitusa: ¡Alabao sea Dios!

Juanina: ¡Pero si esa voz paez que la conozco!... Pase la que pide.

Pitusa: *(Entrando)* Yo non pido... más que perdón por haber venío.

Teresa: Pero, ¿qué faes aquí? *(Intenta levantarse impiniéndoselo el reúma)*

Pitusa: Non se ponga asina... Ye que me engañaron aquellos mozos del monte que baxaron en la camioneta pa los toros, metieronme nella, y aquí estoy.

Teresa: ¡Tan pazguata como siempre! ¿Quién quedó en casa?

Pitusa: Non sé, porque a Pablín paecióme velu por ahí.

Teresa: ¿Tamién él? ¡Non lo creo!

Sindón: Pasa, Pitusa; ¿cenaste?

Pitusa: Non.

Sindón: Pues nosotros ya acabamos. ¿Tienes fame?

Pitusa: ¡Si toy aturullá de tantes coses guapes como se ven! ¿Quién se acorda de comer entre tantu barullu? ¡Ay qué ver la xente que va por ahí p'alantre!

Sindón: Un pocoñín de café non te vendrá mal. Siéntate aquí. *(Le va a servir y le cae la cafetera)*

Teresa: ¿Non te dixe que non bebieres más? ¡Si ya non puedes nin coger la cafetera! *(Coge ella misma la cafetera y sirve a la Pitusa)*

Pitusa: ¿Dexenme facer una cosa?

Teresa: ¿Qué cosa?

Pitusa: Mojar esti pedazu pan que me sobró de la merienda. *(Come apresuradamente)*

Sindón: Moja lo que quieras. ¿Quies un poco de coñá…? *(Sirve más en la taza suya)*

Teresa: *(Cogiéndole la botella)* ¡Si ya bebiste casi la mitada!

Sindón: ¡Tráela, que vas mancala

Teresa: ¡Más te manca ella a ti!

Luis: *(A Juanina)* ¡Ya verás como te vas a divertir!

Juanina: ¡Paez que me falta algo!

Luis: ¡Pero que guapísima estás!

Juanina: Eso ya me lo vas diciendo la mar de veces.

Luis: ¡Y todas son pocas!

Juanina: ¿Acabaste, Pitusa?

Teresa: ¡Si traía una fame la probe…!

Juanina: *(A la Pitusa)* Ven conmigo, que voy aquí cerca a buscar una amiga que fai tiempu que non la vi, pa que me acompañe a la verbena.

Teresa: Sí, fía del alma, que yo non estoy con esti rema pa dir a denguna parte. Y tu padre, ya ves….

Luis: ¿Vendréis en seguida?

Juanina: Sí. Vive aquí al lao. ¡Anda, Pitusa! *(Vanse las dos)*

Escena III
Sindón, Teresa y Luis.

Luis: ¡Otro capilé, bombre!

Teresa: ¡Por Dios, que ya está encandilau!

Luis: ¡El coñac con café no hace daño! *(Se lo echa)*

Sindón: ¿Encandilau yo? Cuando non me encandilé esta tarde...

Teresa: ¿Bebiste?

Sindón: ¿Vísteme beber? ¿Non anduviste tou el tiempu conmigo?

Luis: Entonces, ¿a qué te refieres?

Sindón: Refieróme a que cuando tú fuiste per les entraes pa los toros, mandastenos esperate ena playa... ¡Y lo que allí vi...!

Teresa: ¡Non hables, Sindo, que non estás pa ello!

Sindón: Ahora, que non están Xuanina nin la Pitusa, puede contase. ¡Como que tuve que mandar a Xuanina que se pusiera de espaldes a la barandilla!

Luis: Vamos, sí; viste a los bañistas en maillot.

Teresa: ¿Qué salsa ye esa?

Luis: Maillot; es el vestido que ponen en la playa para bañarse en el mar y tomar baños de sol. ¡Y eso que era por la tarde! ¡Por la mañana, hay que verlo!

Sindón: ¿Y llames a eso vestidu?

Luis: ¡Hombre, sí!

Sindón: Pues yo llamolo poca vergüenza.

Luis: Hay que ir con el progreso.

Sindón: Sí; y con la cevilización. Pues asina, anden los salvajes. Vilos yo en unes fotografíes en un pedióricu.

Teresa: ¡Non faigas casu, que non sabe lo que diz!

Sindón: Y en medio de too, que les muyeres, que desde el paraísu terrenal son muy lixeres, anden tan lixeres de ropa, pue pasar... ¡Habíales muy bien formaes! ¡Pero tamién había otres que toes eren güesos...!

Luis: ¡Este Sindón es el demonio!

Teresa: ¿Non te dije que non i dieres más bebida?

Luis: La última, Sindón, para que sigas, que vas bien. ¡Y voy a tomar yo otra copa!

Sindón: ¿La última? ¡Si entavía queda bastante!

Teresa: Pues, mira, ahora mismo me levanto, y quedes ahí, y que te carreten otros, que yo non voy con borrachos.

Luis: *(Brindando)* ¡Por las bien formadas!

Sindón: *(Brindando también)* ¡Y por los güesos! ¡Que culpa tienen les probes!

Teresa: Tan buenu ye uno, como otru.

Sindón: *(Cantando)* ...Ves tú como yo, y yo como tú, y semos los dos...

Teresa: ¡Non cantes, que te van llevar presu!

Luis: Sigue, Sindón.

Teresa: ¡Calla, desvergonzau!

Sindón: Desvergonzaos ellos, que anden asina por la arena. Porque elles entretienen… ¡Pero aquellos mozacos!…

Teresa: Y elles peores que ellos.

Sindón: Según… Claro que ye lo que yo me decía mirándoles. Si ahora anden asina, ¿qué van a enseñar al hombre cuando se casen? Pero ¡Los otros… con aquelles piernes peludes…!

Teresa: Non sigas, Sindón, que me tán saliendo los colores a la cara.

Sindón: ¡Pues toma una copa pa que te pase el sustu!

Escena IV
Dichos y Pablín.

Pablín: ¿Se pué?

Teresa: ¿Tú aquí?

Sindón: Tá bien eso. ¿Toos de juerga?

Pablín: Ye que me traxeron engañau…

Teresa: Sí, como a la otra.

Luis: Pero no está bien dejar la casa y la quinta solas.

Pablín: *(Con intención)* A la aldea sólo vienen lladrones una vez al añu, a too más.

Sindón: Si tás aquí, ya non tien remediu. Pasa; vamos tomar una copa. *(Echa mano a la botella)*

Teresa: ¿Otra más?

Sindón: ¡Non te pongas pesá!

Teresa: El pesau yes tú.

Pablín: Ya sabe el amu que yo non bebo más que agua.

Sindón: Así tienes esi color de charcu…

Teresa: Y tú, ¿de qué lu tienes?

Escena V
Dichos, Juanina y la Pitusa.

Pitusa: *(A Pablín)* ¿Atrevístite?

Pablín: Non pasó ná.

Juanina: ¿Tamién tú aquí, Pablín?

Pablín: Pa lo que faiga falta.

Teresa: ¿Y la tu amiga? ¿Paez que vienes triste?

Juanina: ¿Como quier que venga, madre?

Teresa: ¿Qué pasó?

Juanina: Que la probe, en cuanto me vió, tiróse a mí, fecha un mar de llágrines.

Teresa: ¿Murió alguno de casa?

Juanina: La que tá más muerta que viva, ye ella.

Teresa: ¿Cuál fue la disgracia?

Juanina: Que aquel mozu que tenía, dexóla.

Teresa: ¿Y cómo la dexó?

Pitusa: *(Viendo a Juanina dudar)* ¿Dígolo?

Sindón: ¡Que hablé la Pitusa!

Pitusa: Pues dexóla… que, la probe, non pue salir a la calle.

Sindón: Eso ye una canallá. Robar así la tranquilidá de una familia… ¿Pa cuándo ye la xusticia?

Teresa: ¡Gracies a Dios que hables una vez con sentíu!

Sindón: Les coses a su tiempu, y los ñabos por
advientu. ¿Non tien padres nin hermanos esa
disgraciá? ¿Llora muncho, Xuanina?

Juanina: ¡Figúrese!

Pitusa: ¡Y hasta y dan gómitos!

Luis: Basta de lástimas, que van a dar las once, y a
esa hora comienzan los fuegos artificiales.

Teresa: Sí, vamos. Aunque a mí non me va a prestar
ná de lo que vea.

Juanina: Ni a mí tampoco.

Luis: A ver los fuegos, y enseguida a la quinta en el
coche.

Sindón: Y yo, ¿voy quedar en tierra?

Teresa: Pero, ¿tú non vienes?

Luis: Mejor será que se quede. Ya no está para ir
andando.

Teresa: Ye verdá. ¡Y qué tenga que dir yo con esti
rema!

Luis: *(A Sindón)* Vendremos a buscarte en el coche.

Pitusa: Pues yo, quedome con el amu.

Sindón: ¡Qué güena yes, Pitusa!

Pablín: Entoncenes, si te quedes tú, yo voy con un
amigu que me espera ahí juera.

Luis: *(Apuradamente toca las palmas y entra el mozo)*
Pronto, la cuenta.

Mozo: Ya la tenía preparada. *(Se la entrega)*

Luis: ¿Cobraste la botella última?

Mozo: Todo está incluído.

Luis: Toma... y esto para ti.

Mozo: Muchas gracias. *(Vanse Juanina, Pablín, Luis, y
Teresona. Ésta última renqueando)*

Escena VI
Sindón y Pitusa.

Pitusa: ¿Paez que quedó un poco apizplayau?

Sindón: ¿Cómo quies que quede, después de lo que oyí? Los que tenemos una fía… ¿non ye pa golvese llocu, sólo con pensar que pueda venir un lladrón a llevánosla?

Pitusa: Xuanina tien a Andrés, que non lu hay mejor en toa la quintana.

Sindón: Eso ye verdá.

Pitusa: Beba una copa pa allegrase.

Sindón: Ya non bebo más, Pitusa.

Pitusa: Si entavía queda la mitada. ¡Ye llástima que quede ahí!

Sindón: ¡Qué más da! *(Se adormece)*

Pitusa: ¿Tien sueñu?

Sindón: Lo que tengo ye un clau ena cabeza.

Pitusa: Pues beba un poquiñín más, que un clau saca a otru clau.

Sindón: Déxame a ver si me pasa.

Pitusa: ¿Quier que mande que i faigan una taza de cualquier cosa? Ye muy güena la flor de malva o la manzanilla, o té… lo que quiera. ¿Llamo?

Sindón: Non llames a naide.

Pitusa: Entós, meta los deos ena boca, que pue quei siente bien. Eso fai aquel vecín nuestru, Ugenio el de Josefa.

Sindón: ¿Vas comparame a mí con esi gochu?

55

Pitusa: ¡Si non lu acomparo! Ye que... ye... ye que metí la pata, ¿non ye verdá?

Sindón: Me paez que sí. ¿Por qué non vas a la verbena?

Pitusa: Porque entre tantu xentiú pueo perdeme, y dimpués van tener que anuncíame en los papeles pa alcontrame. ¡Ye munchu pueblu esti! Yo non sirvo pa estes folixes... *(Fijándose en que Sindón está dormido)* ¡Paez que quedó dormíu! ¡Mejor! *(Va hacia la ventana)* ¡Va la xente a balamos! ¡Y vense desde aquí, allá lejos, les lluciquines de los voladores! ¡Ah, ah, ah! ¡Y tamién se oye la música, y eso que tá tan alantrón! ¡Ahora, debe estallar una rueda lloca! Con bien poco se diverte la xente. ¡Y después dicen que yo que soy fata! *(Volviendo a donde está Sindón)* ¡Pescóla güena, pero güena...! ¡Cómo ronca, debe ser ser una mala postura! ¡Voy toser, que dicen que ye mano de santu pa despertar a los que ronquen! ¡A ver si cambia de postura!

Sindón: *(Soñado)* ¿Quién anda ahí? ¿Non te dixe, Teresa, que, aunque Pablín se haiga levantao, yo non dexo la cama hasta les nueve?

Pitusa: ¡Tá soñando!

Sindón: ¡Ya estoy cansau de tanto oíte!

Pitusa: *(Después de una pausa)* ¿Pasarái pronto la moña...? Ya debió coger mejor postura, porque nin ronca nin sueña... La verdá ye que esti amu míu ye un santu. Él non se matará por trabayar, pero tien un corazón muy sanu... ¡Paez que se regüelve otra vez!...

Sindón: ¡Xuanina, Xuanina! ¿Ónde tá Xuanina?

Pitusa: Pero, ¿non sabe que jue a la verbena? ¡Non contesta! Ye que güelve a soñar alto, será una peladilla... o pisadilla... o como se llame... ¡Paez que sospira! Pues él nunca tuvo la moña llorona... Ya está más tranquilu. ¡Qué descanse! *(Vuelve a la ventana)* ¡Qué ríos de xente! ¡Si non se sabe por ónde van más, si por enriba o por la arena!... Pero ¿qué veo? ¿Ye aquella el ama? ¿Cómo vien sola? ¡Y cómo corre! ¡Menéase bien pa quexase tanto del rema!

Sindón: *(Despertando)* ¿Que tás diciendo...? ¿Qué vien sola? ¿Toy soñando?...

Pitusa: ¡Y roncando...!

Escena VII
Dichos y Teresona.

Pitusa: *(A Teresona que entra)* ¿Pasói algo?

Teresa: Déxame sentame que non puedo respirar.

Sindón: *(Irguiéndose y tambaleando)* Pero, ¿ónde dexaste a Xuanina?

Teresa: Col señoritu. Entre tantu barullu, perdílos. Taba yo mirando un fuegu muy guapu, que paecía una fuente de agua de colores, y cuando se acabó, di la vuelta y non los ví.

Sindón: *(Apresuradamente)* Diré yo a buscalos.

Teresa: Vendrán ellos deseguida.

Sindón: ¿Y si non vienen?

Teresa: ¡Por güenes coses te da la borrachera que pescaste! ¡Ya te dicía yo que non bebieres tanto!

 Sindón: Pos voy a buscalos. *(Al intentar incorporarse cae en la silla)* ¡Pero si non puedo! ¡Maldita botella!... Tú tienes la culpa de tó. ¡Tú, la que me allegraste primero pa entristéceme después! ¿Pa qué me la fizo beber el señoritu? ¡Pa que non pudiese moveme! ¡Ladrón! ¡Y tú, qué sirviste pa esa maldá, voy facete cien pedazos...! *(Tira la botella al suelo)*

Teresa: ¿Estás llocu?

Pitusa: ¡Non se ponga asina!

Teresa: Pero, ¿qué coses se te meten ena cabeza?

Sindón: Ye que soñé que...

Escena VIII
Dichos y Pablín.

Pablín: *(Entrando con gran fatiga)* Pronto, ama, conmigo... deprisa. ¡Pronto, pronto!

Sindón: ¿Qué pasa?

Pablín: Que cuando salí de aquí, fuí a onde estaba el automóvil del señoritu, xunto al puente, porque allí tendrían que volver...

Sindón: ¿Qué más...? ¿Qué más...?

Pablín: Que vi llegar al señoritu con Xuanina... diba como si la llevase a rastres. Ella resistíase.

Entonces... yo vilos como si el juera el milanu y ella la palombina blanca...

Sindón: Sigue... sigue...

Pablín: Y entoncenes... *(Sacando un cuchillo de campo)*

Sindón: ¿Matasti al milanu, Pablín...?

Pablín: Non; pero cortei les ales.

Sindón: ¿Cómo...?

Pablín: Pinchandoi les ruedes del auto, pa que non pudiera volar...

Sindón: ¿Por qué non i partisti el corazón...?

Pablín: Porque los que así se porten, non tienen corazón. Pero vamos... pronto, pronto, antes que lleguemos tarde.

Teresa: Pero, ¿dices verdá, Pablín?

Pablín: Yo nunca digo mentires.

Teresa: Vamos... ¡Y qué bien me alcuentro! Correré más que tú. ¡Ya me pasó el rema! ¡Gracies a Dios mío, que faes estos milagros!

Sindón: ¡Asperaime, asperaime! Yo tengo más obligación que vosotros... *(Intenta levantarse)* ¡Pero si non puedo, non puedo...!

Teresa: Quédate con la Pitusa hasta que vengamos. *(Vanse Teresona y Pablín)*

Pitusa: Sí, mi amu quedome con usté.

Sindón: ¡Non, asperaime, asperaime...!

Escena Última
Sindón y la Pitusa.

Sindón: *(Hace esfuerzo por caminar y anda un poco, gritando)* ¡Pablín, Teresa! *(Cae sobre los vidrios de la botella rota)* ¡Maldita botella! ¡Hasta fecha cachos me faes mal!

Pitusa: ¡Sangra, sangra!

Sindón: *(Volviéndose a la Pitusa desde el suelo, con la frente ensagrentada)* Y debía la sangre quitame los güeyos per haber sio tan ciegu que non veía les intenciones de esi lladrón. ¡Déxame...! *(Arrastrándose, llora al ver la impotencia de levantarse, y exclama)* ¡Asperaime, asperaime! ¡Pablín, Teresa...!

TELÓN RÁPIDO

ACTO TERCERO

La misma decoración del Primer Acto.

Escena I
Pablín y Pitusa.

Pablín: *(Saliendo de la casa, pensativo, y viendo a Pitusa atareada)* Hoy madrugaste más que yo.

Pitusa: Después de lo de por la noche, ¿quién diba dormir?

Pablín: Yo tampoco pegué sueñu.

Pitusa: ¡Tuviste bien, Pablín!

Pablín: Ya sabes lo que dijo el amu. De too ello, ná. Toos mudos, sordos y ciegos. Nin vimos ná, nin oímos ná, nin hablamos ná.

Pitusa: ¿Pa que non se enteren los de la aldea?

Pablín: Y pa que non i entre a Andrés la duda, que ye peor que la verdá.

Pitusa: Pero una non va a ser ciega, sorda y muda. Con ser ciega y sorda ye bastante; pero mandar a una muyer que sea, además, muda ye demasiado. ¡Eso sí que non!

Pablín: ¡Pero, Pitusa…!

Pitusa: Si non te cuento lo que pasó allí onde cenaron, cuando quedé col amu, reviento.

Pablín: Que el amu va venir…

Pitusa: Ya sabes que non madruga… Además, con aquel boquete en la frente…

Pablín: ¿Tanto ye?

Pitusa: *(Mirando antes alrededor, y yendo y viniendo a las puertas)* Como viste, el amu, que quería salir corriendo con vosotros a buscar a Xuanina, cayó en suelu sobre los cachos rotos de la botella y espetósei uno per la frente.

Pablín: ¿Sangró muncho?

Pitusa: Sangraba como un coríu. Sangraba tanto que pedí auxiliu, y vinieron los mozos y el amu de aquella casa de comides.

Pablín: ¿Pa qué armaste escándalo?

Pitusa: Non había parroquianos. El amu sangraba cada vez más, y quería dir arrastres hasta vosotros. Engañaronlu, cogieronlu, y llevaronlu en pendolín a la casa de la señá Socorro.

Pablín: ¿Quién yera esa?

Pitusa: Debía ser una costurera, porque, al salir el amu de allí, dixo que i habíen cosío la hería. Dimpués, golvimos onde antes, onde la cena, vinistéis vosotros con Xuanina, y lo demás ya lo sabes.

Pablín: ¡Pero hay que olvidalo too!

Pitusa: ¡Eso sí que tá bien! Cuéntote to lo que vi y tu non me cuentes lo demás.

Pablín: Conque sepías que'l milanu non llevó la palombina, basta.

Pitusa: Pero, ¿cómo jue?

Pablín: Calla, que alguien vien.

Escena II

Dichos y Sindón.

(Sindón aparece son un largo esparadrapo en la frente. Está pálido)

Sindón: ¿Qué facéis por aquí?
Pitusa: Preparándomos pa dir a trabayar.
Pablín: ¡Muncho madrugó!
Pitusa: ¿Cómo va de eso?
Sindón: Non jue ná.
Pitusa: Más val así.
Sindón: Ya vos dije que como si non hubiera pasao ná. Sordos, mudos y ciegos. Sobre too mudos. ¿A qué tabes hablando de ello? ¿Tengo razón…? ¿Por qué non contestáis?
Pitusa: Porque non podemos. ¿Non habíamos quedao en que yéramos mudos?
Sindón: Y hay que siguir siéndolo. Porque está ena comenencia de toos olvidar lo pasao.
Pablín: Ya lu entendemos.
Sindón: Pues a callar, y a facer lo que haiga qué facer. Yo ahora voy a casa de Andrés, porque paez quei repitió el ataque a la madre. *(Mutis)*

Escena III

Pablín y la Pitusa.

Pitusa: Entós, ¿cómo jue lo de Xuanina y el siñoritu? Ya vi que llegastéis a tiempu.

63

Pablín: ¡Qué calles...!

Pitusa: Si non me lo dices, ya non cuentes conmigo pa ná.

Pablín: Mirándolo bien, tú y yo semos como de la familia, y debes sábelo. Pero como tienes la llengua tan llarga...

Pitusa: ¿Xures que non vas creer que te faigo burla?

Pablín: ¿Por qué?

Pitusa: *(Sacando la lengua)* Mira, non ye tan llarga como tú dices; ye pequeñina como yo.

Pablín: ¿Non lo dirás cuntando per ahí?

Pitusa: Habla, que soy un fétrero.

Pablín: Vamos mirar si vien el amu. *(Van hacia la puerta del foro)*

Pitusa: ¿Non lu ves? Tá hablando con los señores y con la señorita Carmina. Entavía va tardar, porque va a casa de Andrés.

Pablín: *(Volviendo a la escena)* Pues verás. Salimos, como nos viste, corriendo a ónde taba el auto del señoritu.

Pitusa: ¿Qué facía?

Pablín: Cambiando les ruedes. Traía dos de repuestu. Si sé eso, pincho les cuatro.

Pitusa: ¿Y Xuanina?

Pablín: Alcentrémosla dientro del coche, temblando como una fueya.

Pitusa: ¿Cómo estaba allí y non se escapó?

Pablín: Porque el señoritu dixoi que, en cuanto pusiera andar el coche, diríen a onde cenaron a buscar a los demás.

Pitusa: ¡Ma, qué bribón!

Pablín: Pero en cuanto Xuanina nos vió, tiróse del auto y jue a onde la madre, llorando. El señoritu non facía más que disculpase, llamando canalla y ladrón al quei había pinchao les ruedes.

Pitusa: ¡A ti! ¿Y no i comiste la figura?

Pablín: A mí tocábame callar, Xuanina. Cuando el señoritu dixo que esperasen, que todos diríamos a buscar al amu, gritó que ¡nunca!... Y díxolo de una manera que todos comprendimos por que.

Pitusa: ¡Probina! ¿Y el ama?

Pablín: El ama non podía alendar de tanto como había corrío.

Pitusa: ¿Y el rema?

Pablín: ¡El rema! Una madre, cuando ve una fía en peligru, non corre, vola. Pero quedó que non acertaba a dicir palabra. Y dimos la güelta, dexando al señoritu tan aceloriau que non sabía por onde entraba nin por onde salía.

Pitusa: ¡Taben bien clares les intenciones de esi canalla, de esi ladrón! ¿Non te llamó eso a ti? ¡Pues táis en paz!

Pablín: Lo demás ya lo sabes. Alcontramos al amu con la cabeza vendá, y con señales de haber pasaoi la moña, y golvimos pa casa.

Pitusa: Gracies a que nos ficieron sitiu ena camioneta.

Pablín: *(Mirando al lateral derecha,* Paez que vienen...

Pitusa: Pues vamos pa que no mos topen en sin facer llabor. *(Mutis por el foro)*

Escena IV

Teresa y Juanina.

(Juanina trae a su madre ayudándola a andar)

Juanina: ¿Pa qué se levantó de la cama, madre?

Teresa: Porque non podía más de dolores, y andando pue que me pasen.

Juanina: De lo que está mala ye del disgustu...

Teresa: Porque non tuve juerces pa afogar aquel cínicu que entovía quería desimular.

Juanina: Siéntese, madre.

Teresa: Pero tú, ¿non notabes que te perseguía, fía del alma?

Juanina: ¡Cómo diba a pensar eso!

Teresa: ¡Inocentina!

Juanina: Yo tratábalu como a un hermanu. ¡Si tos los veranos, cuando venía de pequeñu, jugábamos juntos, y díbamos a ñeros! Era muy traviesu. Acuérdome siempre de una vez que cogió dos golondrines de cría. La madre y el padre de aquellos animalinos revolotíaben alrededor de nosotros, como clamando por los sus fiínos. Los fiínos piaben, y el señoritu reíase, y, si non ye por mí, mátalos. Quitéilos de la mano, y devolvíilos al ñeru. La golondrina madre pasóme, rozando la cara, como si quisiera besame.

Teresa: Tamién a ti te quería sacar del ñeru esi bribón.

Escena V
Dichos y Sindón.

Sindón: *(Dirigiéndose con ternura a su mujer)* ¿Por qué te llevantaste?

Juanina: Eso i dije yo.

Sindón: ¿Tás mejor?

Teresa: Paez que me duelen menos les piernes.

Sindón: *(A Juanina)* Ahora mesmo subes a ponete el vestidu que te trajo Luis.

Juanina: ¿Pa qué?

Sindón: Explicaréme. Al dir a ver a la madre de Andrés…

Teresa: ¿Cómo tá?

Sindón: Hay muyer pa poco.

Juanina: ¿Vió a Andrés?

Sindón: Allí estaba, xunto a la madre, más triste que la noche… Como vos decía, diendo a ver a la enferma, llamaronme los señores y la señorita Carmina, y preguntaronme si lo habíamos pasao bien ena villa.

Teresa: ¡Non yos habrás dicho ná!

Juanina: ¡Qué vergüenza si lo supieren!

Sindón: Contesteyos que lo habíamos pasao muy bien, y que lo único malo era que había caío yo por una escalera de la playa, y que por eso tenía la frente con esti trapu.

Teresa: Ficiste bien en explicar asina la hería.

Sindón: Después, dixeronme que yos habíen dicho que tú, Xuanina, tabes muy guapa con el vestíu nuevu, y que quisieren vete con él. Y con él vas dir ahora mesmo a la quinta. Tú non digas palabra. Por lo que ellos digan, sabremos si fueron o non los que te regalaron el vestidu. Hay que dir atando cabos.

Juanina: ¿Qué dirán los que me vean en día de llabor con esti vestiu? ¡Van creer que soy una presumía y orgullosa!

Sindón: Sales por el corral, sigues por el camín de la carballera, y entres en la quinta por detrás.

Juanina: Está bien pensao. Voy deseguida.

Sindón: Cuando güelvas, pol mismu sitiu que juiste, quites el vestíu y poneslu ahí, ena ventana, si entiendes que los señores non jueron los que te lu regalaron.

Juanina: Así lo faré.

Sindón: Y cuando yo te llame, después que vea el vestíu ahí colgau, vienes. Pues marchar.

Juanina: Haré too lo que me dixo. *(Vase)*

Escena VI
Sindón y Teresa.

Teresa: ¿Qué vas facer, Sindón?

Sindón: Liquidar esti asuntu.

Teresa: ¡Non me asustes!

Sindón: ¡Non tengas cuidao! Esi non merez que nos apolmonemos por él. Una lición bien daa y ná más.

Teresa: ¿Vas pegai?

Sindón: Non tengo ganes de manchame les manes. Voy tratalu como se merez.

Teresa: ¿Va a venir?

Sindón: Tá pa llegar. Atrapelu xunta el garaxe, preparando el auto pa salir lexos y, como i dixera que sólo los que teníen mieu escapaben, salióme col cuentu de que toes eren feguraciones nuestres, y poníase tan puru, como si el ofendíu fuera él, que...

Teresa: ¡Pero viste qué ensinvergüenza!

Sindón: ...que i dixe: "Mira, rapaz, eses coses non son pa tratales aquí. Aspérote en casa ahora mesmo."

Teresa: ¿Qué te contestó?

Sindón: Contestóme que, pa demostrame que yera inocente, en cuanto arreglase el auto, que vendría.

Teresa: ¡Paez que oigo venir el coche!

Sindón: Vendrá en él por, si vienen mal daes, escapar... Tú, marcha...

Teresa: *(Levantándose y renqueando)* ¡Allá voy! ¡Esti rema...! *(Desde la puerta)* Cuidao, Sindo, por Dios. Fíjate que ye el fíu de los señores. *(Vase)*

Sindón: Vete tranquila.

Escena VII
Sindón y Luis.

Luis: *(Decidido, con gran desenvoltura cínica. Entra en escena, vistiendo el traje del primer acto)* Aquí estoy, hombre, para convencerte de que...

Sindón: *(Solemne y con estudiada calma)* Para el carru. Ante todo el aseo. Fuera confiances. Tú, desde ahora, vas tratame de usté. ¡Entavía hay clases!

Luis: *(Con retintín)* Como su señoría quiera.

Sindón: Nin tan alto, nin tan baxo. Usté y basta, y si crees, después de lo que ficiste, que encima vas a venir a burlate, tás muy equivocau.

Luis: Es que yo he sido ofendido, con esa sospecha indigna.

Sindón: Y si te demostrase que non ye sospecha, si non verdá, ¿quién sería el indinu, la sospecha o tú?

Luis: Es que yo...

Sindón: Non hables hasta que yo te lo mande. ¿Ves esta frente?

Luis: Abora que me fijo, está usted herido.

Sindón: Pues esta herida ficistemela tú.

Luis: ¿Yo...?

Sindón: Sí; tú. Tenemos muncho que hablar.

Luis: Bueno, me sentaré. *(Va a sentarse)*

Sindón: *(Con energía)* ¿Cómo sentate? De pie. Tú yes el procesau. El que se sienta, si quiero, soy yo, que soy el xuez.

Luis: No se ponga de ese modo.

Sindón: ¿Ves esta herida? Por el sitiu que está, y cómo entavía non cerró del too, por ella salme el entendimiento que taba parau. Ahora vas a ver lo que hay aquí dientro. *(Señalando la cabeza)* Después de la muncha sangre que perdí, salieron les idees. ¡Verás cómo manen por esta frente!

Luis: Pero, ¿por qué se exalta de ese modo?

Sindón: Porque soy el ofendíu; el que va a preguntar soy yo. ¿Por qué me aturdíes con llevame de parranda estos últimos días? ¿Pa qué me ficiste beber ayer tanto, hasta emborrachame? ¿Pa qué me dexaste aquella botella sobre la mesa, que yo rompí cuando ví claro, y caí sobre ella y manqueme, como ves? Too lo ficiste pa que yo non fuera a la vervena, y pudieres tú asina facer en sin el estorbu míu, lo que teníes planeao... ¡Cobarde!

Luis: ¿Yo...?

Sindón: Sí; tú, que queríes robame lo que más quiero en el mundo. Pero disgraciau, ¿tú midiste les consecuencies de haber salió too lo que tramaste? Porque yo, por munchu que te escondieres, habría de encontrate. Yo, que nunca tuvi apegu a la fesoria de llabrar, diría con ella ena mano hasta dar contigo, y abrite la cabeza... Y tú, al cementeriu, y yo, al presidiu, y la mi fía, aunque nada hubieres conseguio de ella, afrentá por la duda, perdiendo a Andrés, que ye de una honradez que tú non comprendes, porque yes un miserable.

71

Luis: Todo lo que está usté diciendo parte de una hipótesis falsa.

Sindón: ¿Qué me quies decir con eso?...

Luis: Quiero decir que esas son suposiciones...

Sindón: Suposiciones ¿eh? Entonces, ¿por qué non juiste a buscanos col coche al sitiu onde cenamos? ¿Por qué corriste a metete aquí a la quinta? ¿Por qué queríes escapar ahora sin venir a esta casa a esplícate?

Luis: Vengo ahora.

Sindón: Porque yo te obligué. ¡Si yes un desdichau!

Luis: Soy un señor abogado.

Sindón: De caleyes. ¡Si non puedes contestar a ná de lo qué te pregunto! ¡Que un probe aldeanu te estea dando liciones!...

Luis: ¿A mí...? Vuelvo a decir que soy inocente.

Sindón: ¡Pues si lo yes, y presumes de abogau, vamos ver cómo te defiendes!

Luis: Es que yo, si no fuí a buscarlos fue... porque me pincharon los neumáticos, y tardé mucho en cambiar las ruedas. El culpable fue el canalla y ladrón que me puso las ruedas en el suelo.

Sindón: Si alguna vez alcuentres al que te apuñaló el coche, day les gracies, que a él debes el estar alendando ahora. Eso de la tardanza, ye mentira. Tú llegaste aquí a la quinta media hora después de arrastrar a la mi fía al coche. Si sólo tardasti media hora en too, ¿non tuvisti tiempu pa dir a buscanos?

Luis: Es que el estado de ánimo de Juanina en cuanto vio a su madre, no era para ir a buscarles.

Sindón: ¿Qué queríes entós que ficiera?

Luis: No era para ponerse así.

Sindón: De modo que ya non ye lo que tardasti en poner les ruedes de respuestu, si non eso otro... ¡Dasme llástina, rapaz!

Luis: Pues si no me cree, no tenemos más que hablar. *(Hace ademan de irse)*

Sindón: Tú, non. Yo entavía non acabé. Y non te muevas de ahí, porque entoncenes non repondo de lo que pueda pasar. Yo non quiero perder la tranquilidá. Si tú ya la tienes perdia, aguántate.

Luis: ¡Pero si es que no se cree nada!

Sindón: Has de saber que, si esti casu tuyu lu llevase al tiatro dalgún de esos que escriben pa esplotar al públicu, llevantaríenlu de indinación. Pero non asperes que de los mios llabios salgan pallabres contra toos los siñoritos del mundo, haciéndolos capaces de ser toos como tú. En toes partes, na aldea, na villa, hay güenos y malos. En esta quintana hubo más de cuatro moces que se echaron a perder porque eren vicioses, y los mozos gayasperos y ruinos que les atraparon, non yeren siñoritos, yeren aldeanos. Les disgraciaes marcharon de aquí. Son munches de les que tán nos bares y cabaretes, y los siñoritos como tú, antroxáis co nelles. ¡Gozáis como verderones con les sobres de la aldea! Non cabe duda que sois unos… castigadores, como se diz ahora.

Luis: Pero, ¿a qué viene todo eso?

Sindón: Vien a cuentu, de que nin tenorios sois. Yo ví una vez el "Tinorio" cuando jui soldau en el regimientu de Garellano en Bilbao. Y aquel don Xuan tenía corazón pa partíselu con cualquiera. Diba de cara a enamoricar a les mozes. Y si había que batise, batíase; y si había que matar, mataba. Y elles, cá vez más enamoraes cuantu más malu yera, porque tenía alma y señoríu de raza. Non el vuestru, que nin ye señoríu nin ye ná.

Luis: ¡Cuánto hay que oír!

Sindón: ¡Si entavía non acabé! *(Viendo poner en la ventana el vestido)* ¿Quies la prueba definitiva de que yes el milanu que quería llevar la mi palombina? Oye, ¿quién i regalo el vestíu a Xuanina?

Luis: Ya se lo dije a ella.

Sindón: Pues vas a golver a repetíilo ahora. *(Llamando)* ¡Xuanina, Xuanina; ven!

Luis: No la llame… ¡No hace falta!

Escena VIII
Dichos y Juanina.

Juanina: *(Avergonzada)* ¿Qué quier, padre?

Sindón: Preguntai a esti quién te regaló esi vestíu.

Luis: No hay necesidad de que me lo pregunte. Ya se lo dije yo. Se lo regaló mamá.

Juanina: Pues acabo de venir de la quinta, llevando puestu el vestiu, porque queríen veme con él, y preguntaronme que quién me lu había fecho, y tu dixísteme que la tu hermana Carmina lu había probao por mí.

Sindón: Luego resulta que los que i habíen regalao el vestíu, habíenlu probao y non la conocíen. El que i lu regaló fuiste tú, y pa algo sería cuando lo callabes.

Luis: ¡Se tratará de alguna mala interpretación!

Sindón: ¡Basta! Xuanina, trai esi vestu. ¡Tirailu a la cara!

Xuanina: *(Le lanza el vestido)* Tómalu.

Luis: *(Recogiendo el vestido y colocándolo sobre una silla)* Esto que se hace conmigo...

Sindón: Ye lo menos que se pue facer. Pues marchar, Xuanina. *(Vase Juanina)*

Escena IX
Sindón y Luis.

Luis: Creo que ya puedo irme...

Sindón: Ahora falta la sentencia. El xuez non te va poner un castigu muy grande, porque tú non yes más que un cuitau, que dicen en Bilbao, pero que en Asturies tenemos una palabra, que non la hay en delguna llengua y que lo diz too de una vez: Yes un babayu. Y ahora el xuez condénate a destierru. Tienes el automóvil a la puerta. Vete ánde dibes, y de allí a Madriz. Pero por aquí non güelvas.

Luis: Ni ganas.

Sindón: Lleva el vestíu.

Luis: ¿Para qué?

Sindón: Pa ponelu, si te paez, a ver si te cai bien.

Luis: ¡Ese insulto…!

Sindón: Si ye una flor. *(Cogiendo el vestido y entregándoselo)* Toma; que non quiero en mi casa esti recuerdu, que me faría pasar la hería de la frente al corazón. Quiero tranquilidá en esta probe choza. Vete, que bastante pacencia tuve, y non despiertes el alma de la nuestra raza, burlona, intencioná con malicia, y sin maldá, pero coraxuda, cuando dalgún i toca la honra, una cosa de la que non tienes ni idea, porque si la tuvieres, pensaríes que tú tienes una hermana, tan muyer y tan güena como Xuanina.

Luis: ¡No pisaré más esta tierra! *(Vase)*

Sindón: De alguna manera habíes de honrala.

Escena X
Sindón y Andrés.

Andrés: *(Entrado)* ¿A ónde va el señoritu, que va chando fueu?

Sindón: Creo que va de viaxe largu.

Andrés: Pues yo vengo de viaxe cortu a deciyos que mi madre, después que usté marchó, llamóme pa decime que veía muy de cerca la muerte, y que non quería morise sin antes veme bien casau... y, como quier dir a la boda de madrina, hay que arreglar pronto toos los papeles. ¿Tá usté conforme?

Sindón: *(Después de una pausa)* ¿Non será demasiao pronto?

Andrés: Non quisiera negai esti gusto a mi madre... Y como además ye también gusto míu... Pero si non ye de usté...

Sindón: Non ye gusto de ningún padre el separase de una fía, ¡aunque sea un mozu güenu y honrau como tú el que la lleva!... ¡Non sabes, Andrés, con cuántos sacrificios se críen pa tener que perdelos cuando más se necesita de ellos...!

Andrés: ¿Qué tien...?

Sindón: ¡Son muches emociones... y de alguna manera tien que chales el alma juera!... Vas llevame la alegría del mi corazón... pero, como yes tú quien la lleva... ¡Con el corazón tamién te la doy! ¡Corre a decíyoslo! *(Vase Andrés y Sindón se sienta, llorando)*

Escena Última
Sindón, Pablín y Pitusa.

Pablín: *(Entrando con la Pitusa y fijándose en el amo. A Pitusa)* Me paez que el amu tá llorando.

77

Pitusa: ¡Qué raro! Borrachu vilu llorar ayer por la noche, pero cuerdu nunca lu vi char una llágrima.

Sindón: ¡Venir, Pablín, Pitusa! ¿Non sabéis que se nos casa Xuanina muy pronto con Andrés?

Pitusa: ¿Y por eso tá triste?

Sindón: ¿Cómo quies que estea?

Pablín: ¡Vola a otru palombar, la palombina blanca! *(Con energía)* ¡Pero non la lleva el milanu!

Pitusa: Eso ye verdá. ¿Queríesla muncho, Pablín?

Pablín: ¡Yo non sé cómo la quería!

Sindón: ¡Muncho ficiste por ella! ¡Muncho te debemos toos! ¡Tú la salvaste!

Pablín: Naide me debe ná. Yo salvéla porque la quería, sí; pero sobre el cariñu había algo más, que yera la gratitú. A Pitusa y a mí, usté nos recogieron cuando tábamos tiraos na carretera; non tuvimos más padres que usté, nin más hermanos que Xuanina. Por eso cudiaba de ella.

Sindón: Llevenme la única fía, pero entavía me quedáis vosotros.

Pablín: ¡Vola la palombina blanca a otru palombar!

Pitusa: Pero non te apures, Pablín. ¿Non te gusta la palombina roxa…?

TELÓN RÁPIDO

Esta obra se encuentra depositada
en el Museo del Pueblo de Asturias (Gijón)
y pertenece a los fondos
de José Manuel Rodríguez 'El Playu'

www.ingramcontent.com/pod-product-compliance
Lightning Source LLC
Chambersburg PA
CBHW070539130626
46555CB00003B/1492